Johann Schlez

**Johann Adam Schmerler's Lebensgeschichte**

Mit dem Bildnisse des Verstorbenen

Johann Schlez

**Johann Adam Schmerler's Lebensgeschichte**
*Mit dem Bildnisse des Verstorbenen*

ISBN/EAN: 9783743616967

Hergestellt in Europa, USA, Kanada, Australien, Japan

Cover: Foto ©Raphael Reischuk / pixelio.de

Manufactured and distributed by brebook publishing software (www.brebook.com)

Johann Schlez

**Johann Adam Schmerler's Lebensgeschichte**

Johann Adam Schmerler's

# Lebensgeschichte

geschrieben

von seinem Freunde

J. F. Schlez.

---

Mit dem Bildnisse des Verstorbenen.

Nürnberg
in der Pech- und Schulzischen Buchhandlung
1795.

An

Ihro Hochfürstliche Durchlaucht

# Franciska

verwittibte

Herzogin zu Würtemberg und Teck,

Gräfin zu Mömpelgard,

Frau zu Heidenheim und Justingen
:c. :c.

## Durchlauchtigste Herzogin

### Gnädigste Herzogin und Frau!

Aus verschiedenen Briefen, die Euere Herzogliche Durchlaucht an den verewigten Herrn Rector Schmerler zu schreiben gnädigst geruhten, haben wir ersehen, daß Höchst Dieselben dessen Schriften Höchst Dero gnädigsten Beyfall nicht unwürdig fanden.

Wir wagen es demnach, das Leben dieses für die Welt zu früh verstorbenen Gelehrten Euerer Herzoglichen Durchlaucht zu Füssen zu legen.

O daß ein Blick der Gnade und der Zufriedenheit auf selbiges herabfiele! Die angenehmste unserer Hofnungen, daß Euere Herzogliche Durchlaucht solchem eben den gnädigen Beyfall schenken werden, den Sie dessen Schriften zu würdigen geruhet haben, würde dann zur Würklichkeit reifen. Wir ersterben mit der tiefsten Devotion

Euerer Herzoglichen Durchlaucht

unterthänigste Knechte,
G. P. Pech und J. Schultz.

# Vorrede.

Ob das kleine Denkmahl, das ich hiermit dem Schatten meines sel. Schmerler's errichte, die Erwartung seiner Freunde, welche mich dazu aufgefordert haben, befriedigen werde, möchte ich selbst bezweifeln, da ich, zu weit von Fürth, Nürnberg und Altdorf und von seinen Freunden daselbst entfernt, die Personen, unter denen er aufwuchs und lebte, grösteutheils gar nicht kenne; keinen genauer unterrichteten Bekannten des Seligen zu Rathe ziehen konnte, und, ausser meinem eigenen Gedächtnisse, keinen weitern Beystand hatte, als die Papiere, die ich von Fürth aus erhielt.

Sollte das Denkmahl dem ungeachtet des Beyfalls nicht unwerth seyn: so gebührt das Hauptverdienst meinem von Angesichte mir noch unbekannten Freunde, dem Herrn Kaufmann Heberlein in Fürth, einem der geliebtesten und vertrauteſten Geſellſchafter des Seligen, der mich mit einem ſehr glücklich ausgewählten Vorrathe von Materialien verſehen und mir durch ſeine eigenen Vorarbeiten, die von ungemeinen Talenten und von dem gebildetſten Geſchmacke zeugen, das Geſchäfte gar ungemein erleichtert hat.

Uebrigens habe ich ganz zu vergeſſen geſucht, daß der Selige mein Freund war, und mich bemüht, ihn ſo unpartheyiſch zu ſchildern, wie wir uns im Leben, wechſelſeitig in's Angeſicht, zu beurtheilen gewohnt waren..

Ein ehrenvolleres und ſchöneres Denkmahl iſt ihm in den Herzen ſeiner Freunde errichtet; vor dem ganzen Publikum aber hat er es ſich ſelbſt durch ſeine hinterlaſſenen Schriften geſetzt.

Mrt. Jppesheim,
am 6ten Feber 1795.

Der Verfaſſer.

Johann Adam Schmerler, Rector an der gemeindlichen Schule in Fürth, ward gebohren am 29ten Januar 1765. Sein noch lebender Vater, Johann Schmerler, Bäckermeister in Fürth, und seine ebenfalls noch lebende Mutter, eine gebohrne Picklin aus Brand bey Gunzenhausen, hatten nichts, als fleissige Hände und den Geist der Ordnung und Häuslichkeit, zusammengebracht; die Vorsehung aber, der sie vertrauten, ließ es ihnen so gewünscht gelingen, daß sie sich schon, als ihnen dieser Sohn gebohren ward, einer merklichen Verbesserung ihrer wirthschaftlichen Umstände erfreuten. Die frühen Spuren grosser Fähigkeiten in dem kleinen Sohne, waren eine Aufforderung an den zärtlichen Vater, für dessen jugendliche Bildung alles mögliche zu thun. Da er, wie die meisten Aeltern, Lesen und Schreiben für die erste Nahrung des menschlichen Geistes hielt: so machte er auch damit ungewöhnlich frühe den Anfang. Noch hatte der Knabe das vierte Jahr kaum erreicht, als er schon fehlerfrey las. Auch in den Anfangsgründen der Schreibekunst war er schon ziemlich erfahren, als er sehr jung in die öffentliche deutsche Schule, deren unexemplarischer Beschaffenheit wir unten gedenken werden,

ge-

geschickt wurde. Daß er sich jedoch nicht bloß auf Wörterkram und Buchstabenmalerey verlegte, beweisen die von ihm nachgeschriebenen Predigt-Entwürfe, welche von einer sehr verständigen Auswahl des Wichtigsten zeugen. In seinem siebenden Jahre schrieb er schon die Predigten des dasigen Pfarrer Burger's, die er für das non plus ultra menschlicher Weisheit hielt, so weitläuftig nach, daß er im Stande war, sie zu Hause, (was auch alle Sonntage mit unermüdlichem Eifer geschah,) fast wörtlich zu Papier zu bringen. Mit eben der Unermüdlichkeit würde er die ganze Woche durch Predigten geschrieben haben, hätte ihn nicht sein Vater noch eifriger zu seinem Handwerke angehalten, in welchem ihm der junge Geschwindschreiber, auf einem Gerüste stehend, mit welchem man der kleinen Person zu Hülfe kam, fast alle Dienste eines erwachsenen Bäckerburschen leisten muste. Indes wuchs dem fleissigen Vater an dem zweyten Sohne eine neue Stütze heran. Der ältere wurde von nun an auf benachbarte Dörfer und Heerstrassen ausgesandt, um den Brodvorrath abzusezen. Diesen Posten behauptete er unausgesezt, Tag für Tag, ohne Rücksicht auf Jahrszeit und Witterung. Aber weit gefehlt, daß unter dem Brodkorbe sein Hang und Drang nach dem bisherigen Lieblingsgeschäfte, Predigten zu copiren, erstickt wäre, befiel ihn vielmehr der bis dahin noch nie gefühlte Kizel, selbst dergleichen nach dem Muster zu verfertigen, nach welchem sein Lehrer, der Archidiakonus Burger, die seinigen zuzuschneiden pflegte.

Die

Die Zeit, in welcher er müssig am Markte stand, wandte er nicht nur zur Meditation auf dergleichen Arbeiten an, sondern führte auch auf all seinen Wegen Bibel und Schreibtafel in dem Brodkorbe bey sich, um mit Niederschreibung seiner Gedanken die müssigen Stunden auszufüllen. Einer seiner ersten Versuche, die ich vor mir habe, führt den Titel:

"Nechst Gottes Hülffe habe ich, Johann Adam "Schmerler, dieße zwey Predigten nebst vier "schönen und Geistreichen Liedern zusammen- "gesetzt und aus eigener Vernunft verfertigt "im Jahr Christi Anno 1778, im 13ten "Jahr meines alters. Gott aber sey Dank das "Er mir Kraft und Stärke darzu von oben her- "ab verliehen hat.

Die erste über Offenb. Joh. 14, 10. 11. stellt vor: "die empfindliche Qual und Peyn der verdamten in der Hölle. 1. Was dieße Qual und Peyn der verdamten vor eine eigentliche Beschaffenheit habe. 2. wodurch sich die verdamten dieser Qual und Peyn theilhaftig machen. 3. Wie dieße Qual und Peyn an denen verdamten Ewig dauren werde."

Die zweyte Predigt über Jes. 35, 10. ist erfreulichern Inhalts und handelt "von der unaussprechlichen Freude und Herrlichkeit derer Auserwehlten und worinnen diese Freude und Herrlichkeit bestehe."

Das Gehirn des bekannten Jesuiten Jeremias Drexel konnte nicht inflammirter gewesen seyn, da er er sein Meisterstück von Schwärmerey Infernus, Damnatorum Carcer et Rogus niederschrieb, als die Phantasie dieses dreyzehnjährigen Knaben, bey Zusammenstopplung seiner Höllenpredigt. Schreckliche Schilderungen und Bilder, Apostrophen an die ruchlose Welt und controvertistische Ausfälle wechseln periodisch mit einander ab. — "Nach einiger Ausleger ihrer Meynung, sagt er unter andern, laufen sieben Gräben in der Hölle herum die Feuer ausspeien, damit die Quaal der Verdammten vergrössert wird. Die Katholiken sind in der irrigen Meynung, daß die Seelen der Abgestorbenen nach dem Tode in das Fegfeuer kommen; allein aber wiederum etliche halten dafür, das Fegfeuer sey gleichsam die Mauer um die Hölle herum. Ist nun das Fegfeuer die Mauer um die Hölle: so können sie nimmermehr daraus erlöset werden. (?) Der Höllen Wohnung ist wie eine finstere Nacht, wie ein tiefer Schlund, darein die Verdammten fallen werden mit Grauen. Es findet sich hier kein schöner Saal, keine schöne Kammer, sondern es ist und heißt ein Ort der Quaal, ein Wohnhaus ohne Licht; ein Schwefelloch voll Jammers und Elendes. Ach Sünder! gedenke nicht: wie kann es seyn, daß dieser Ort so eine grosse Menge fassen kann? und sollte er die Verdammten eine solche Pein fühlen lassen? O Menschenkind! die Hölle ist weit und ihr Feld ist groß, voller Angst- Folter- und Martergassen! Hier leuchten weder die liebe Sonne, noch der Mond, noch die Sterne. Es ist allda nicht nur gar nicht der mindeste helle

Glanz

Glanz zu finden, sondern die Verdammten werden wie die Blinden tappen. Es wird allda ein dicker Rauch aufsteigen, der bis in die Wolken dringen wird. Es wird sich allda ein rechter Pech- und Schwefelschmauch ereignen, erschrecklich anzusehn. Wer mag den Gestank ermessen, der die Verdammten nähren wird! Und was für einen Brand hegt nicht dieses grosse Feld! Dieses verfluchte Land wird mehr brennen als der Sünder meynt; denn das höllische Feuer ist so heiß, daß es Stein und Stahl verzehrt."

In diesem Tone geht es durch die ganze Predigt fort, und hätte ich nicht dieses Bruchstück ohne Auswahl herausgehoben: so würde mir es leicht gewesen seyn, Stellen aufzufinden, die an Bekehrungssucht und Schwärmerey die mitgetheilte noch übertreffen. — Wie verfiel aber ein 12—13jähriger Knabe auf diese gräßlichen und empörenden Bilder, auf solche historische, controvertistische Züge und Inconsequenzen? — Daß unser junger Bußprediger ein seltnes Nachahmer-Genie war und Herrn Archidiakon Burger zu seinem Abgott erwählt hatte, ist schon erzählt worden. Die Leser können also leicht vermuthen, daß es eben dieser Prediger war, dessen Kanzelvorträgen der arme Knabe sein Erbauungsfieber und die damit verknüpfte Inflammation der Phantasie verdankte. Burger hatte nämlich in den Frühstunden von 6—8 Uhr, vom 1ten Sonntag nach Trinit. bis Michaelis, seine Zuhörer mit den ewigen Höllenstraffen, so wie in einem andern Jahrgange mit dem Sündenfalle der ersten Aeltern, und

in

in einem dritten mit der geistlichen Wiedergeburt bewirthet. Von all diesen Schönheiten war seinem kleinen Anbeter kein Wort entfallen. Sorgfältig bewahrte er alles in seinem Gedächtnisse und unter seinen Papieren. Kein Wunder also, daß er bey seinen eigenen ascetischen Arbeiten eben die Stoffe wählte, die der Anführer seines Glaubens ihm an die Hand gegeben hatte. Seine Sache scheint es überhaupt nie gewesen zu seyn, neue Stoffe zu bearbeiten und neue Bahnen zu brechen. Auch seine spätern Arbeiten, die dem Publicum bekannt sind und von denen ich ein vollständiges Verzeichniß liefern werde, beweisen, daß er nur unter die cultivirenden Genies gehörte, die das schon Vorhandene zwar sorgfältig sammeln, ordnen und sichten; übrigens aber weder in der Form, noch in der Materie, etwas ganz eigenes schaffen. Wahrscheinlich hatte er also die Burger'schen Predigten nur nach seinen damaligen Einsichten cultivirt, und aus mehrern Vorträgen das Kernhafteste in wenigen Bogen zusammengedrängt. — Im Jahre 1779 schrieb er, ebenfalls auf Veranlassung des mehr erwähnten Herrn Archidiakonus Burger's, ein über 100 Seiten starkes Erbauungsbuch, unter dem Titel: "Betrachtungen von dem Sündenfalle unsrer ersten Eltern Adam und Eva; welche nechst dem Beystand Gottes ich Johann Adam Schmerler im vierzehenten Jahr meines alters selbst verfertigt und damit den anfang gemacht Anno 1779 den 30 September. Herr du Dreyeiniger Gott, verleihe mir dazu deines Geistes Gnade, Kraft, licht und weisheit, von oben herab, und laſſe dieſes geringe werck, zur verherrlichung deines allerheiligſten Namens, und zu vermehrung deiner Ehre gereichen, welches mein ſteter wunſch, und demüthige bitte iſt, Amen.„

Auch hier ermangelt er nicht, Gott wie einen gefühlloſen Kerkermeiſter vorzuſtellen und die Hölle ſo heiß, als möglich, zu machen; doch finden ſich in dieſen Betrachtungen auch noch Spuren vom unverſchraubtem Menſchenſinn, die man in ſeinen Höllen- und Himmels-Predigten ganz vermißt.

Die Concepte zu dieſen Schreiberehen hatte er ſämtlich auf ſeinen Wanderungen mit dem Brodkorbe, mit Beyhülfe ſeines ewigen Reiſegefährdten, der Bibel, entworfen. Sein Schreibpult ſchlug er an der Landſtraſſe auf einem Steine oder Stocke, oder auf der erſten beſten Mauer oder Bruſtwehr auf. Zweymahl ſtand er in Gefahr, über dieſen Schriftſteller-Beſchäftigungen ſeine gelehrte Laufbahn zu vollenden, ehe er ſie noch recht angetreten hatte. Einmahl auf der Heerſtraſſe von Nürnberg nach Erlangen, wo er, in ſein Concept vertieft und unbekümmert um alles, was auſſer ihm vorgieng, die Annäherung eines auf ihn zukommenden Wagens, der durch Ungeſchicklichkeit des Fuhrmanns eine falſche Richtung nahm, überhörte. Mit Bibel und Schreibtafel ſaß er eben auf einem erhabenen Ruheſtein, als die Axe des Wagens denſelben packte und mit einem mahl um und um warf. Der junge Autor purzelte mit Bibel, Schreibtafel, und Brodkorb

B   her-

herab, und seinem guten Genius hatte er's zu verdanken, daß er weder unter die Räder des Wagens, noch unter die Last des umgestürzten Steines, sondern auf die entgegengesetzte Seite zu liegen kam. — Eine ähnliche Katastrophe erwartete ihn an der Heerstraße von Nürnberg nach Anspach. Er hatte da seinen gewöhnlichen Posten auf dem sogenannten Teufelsbrückchen, und träumte und schrieb, wie gewöhnlich — Predigten. Das Rad eines vorbeyrollenden Wagens, welches dem Rande des Brückchens zu nahe kam, ergriff den für alles, was außer ihm war, tauben Jüngling, schleuderte ihn in die Tiefe hinab und zerquetschte seinen Korb mit dem größten Theile des darin enthaltenen Brodes. Der Fuhrmann, der etwas ärgers fürchtete, eilte mit echter Fuhrmannsseele davon und ließ den Armen hülflos liegen. Alles, was dieser, nach wiedererlangtem Bewußtseyn, thun konnte, war, daß er den zerquetschten Korb mit den Fragmenten des noch übrigen Brodes und seiner gemißhandelten Bibel auf den Rücken nahm, um seinem Vater die Wahrheit seiner Aussage durch diese corpora delicti zu beweisen.

Solche Mißhandlungen, die ihm seine Prediger-Extasen auf öffentlichen Landstraßen zuzogen, und die für seine Jugend oft unausstehliche Witterung machten ihm indeß seinen Beruf täglich verhaßter. Der Wunsch, einst im Mantel und Kragen seinem Erbauungsdrange ungestöhrter, als bisher, Luft machen zu können, war sein Taggedanke und Traum,

den

den er nun auch vor seinem Vater nicht länger zu bergen mußte. Dieser aber, der, kaltblütiger, als sein studierlustiger Sohn, die ökonomische Klugheit zu Rathe zog, hatte kein Ohr für diese Bitte. Er ermahnte ihn, diese Grille fahren zu lassen und dem Stande treu zu bleiben, in welchen sie Gott einmahl gesetzt hätte, zumal da, ohne Verkürzung seiner beiden jüngern Brüder, dieser kostbare Wunsch ohnehin nicht befriedigt werden könne. Da diese Remonstration allein nicht fruchtete, so wurde auch der erwöhnte Herr Diaconus Burger darüber berathfragt, welcher zum größten Leidwesen des armen Knaben dem Vater ritterlich beystand. Bey der hohen Meynung, die dieser geistliche Herr von Ringstab und Insul hatte, war es auch kein Wunder, daß er den jungen Gernpastor aufs seelsorgerischste ermahnte, seine Hände ja nicht nach einem über alle menschliche Vernunft so hoch erhabenen Berufe auszustrecken. — Wider Dank und Willen setzte also, nach diesem Vorstande, der junge Schmerler seine alten Beschäftigungen wieder fort; buk zu Hause Brod, verkaufte es an den Straßen, und schrieb, in Erwartung der Käufer, — Predigten. Einst war er von zwey Spaziergängern, deren einer der gegenwärtige königl. Preussische Resident, Herr Grüner, war, in seinen ascetischen Träumen unterbrochen. "Was machst du, Kleiner?„ fragten sie ihn. — Predigten! war die Antwort. — "Du siehst darnach aus!„ versetzten die Spaziergänger. "Zeig her!„ — Man las und fand — was man nicht erwartet hatte.

B 2 Desto

Desto natürlicher aber war die Vermuthung, daß es ausgeschriebene Arbeit aus irgend einem alten Predigt-Quartanten seyn müsse. Da jedoch der junge Prädicant das Geschreibe hartnäckig für eigene Arbeit ausgab und sich erbot, eine Predigt über jeden beliebigen Text zu liefern, so übernahmen die beyden Herren das erbauliche Machwerk, um es einigen ihrer Freunde in Nürnberg vorzeigen und dadurch etwa zur Unterstützung des Fabrikanten etwas beytragen zu können. Unter denen, die sich, durch diese Predigt-Proben aufmerksam gemacht, des jungen Bäckerburschen anzunehmen versprachen, war unter andern auch der Verdienstvolle sel. Herr von Haller. Man vereinigte sich bald in dem Entschlusse, den Wüstenprediger zu unterstützen; aber mit diesem patriotischen Vorsatze gieng es, wie mit hundert edlen Entschliessungen. Jahr und Tage waren ins Land, und der junge Schmerler stand noch immer, nach wie vor, mit dem Brodkorbe an der Landstrasse.

Der leeren Vertröstung endlich müde, gab Schmerler den Vorsatz, zu studieren, mit stolzer Resignation auf. Aber, die Welt soll doch wissen, daß ich eines bessern Schicksals werth war! sagte er. — Sie das wissend zu machen, hielt er die Presse für das bequemste Mittel. Er that daher seinem Vater den Vorschlag, mit ihm nach Nürnberg zu wandern, einen Buchdrucker und Verleger für einige seiner vorzüglichsten Kanzelarbeiten aufzusuchen und der Welt gedruckt zu zeigen, was er in einer glücklichern Lage würde geleistet haben. Eben so stark, als dieser Bewegweggrund, würkte auf seinen Entschluß das Vorgefühl der erbaulichen Stunden, welche das Werk dem frommen Leser gewähren würde. Der Entschluß war also gefaßt, und da sein Vater diesen weniger mißbilligte, als den Vorsatz, zu studieren, so giengen beyde, mit dem Manuscripte, der benachbarten Stadt zu. Sie klopften an der ersten besten Buchdruckerey an. Da aber der Autor dem Verleger allzu verdächtig schien und kein Gelehrter zu der Speculation geholfen hatte, welche Herr Messerer durch die "Predigt-Entwürfe von einem Bauernmädchen auf dem Lande in dem Anspachischen, aus den öffentlichen Vorträgen ihres Lehrers gezogen", nur ein Paar Jahre später gemacht hat, so bekamen die beyden Wanderer einen abschlägigen Bescheid. Sie versuchten ihr Heil in einer andern Buchdruckerey oder Buchhandlung. Aber auch hier schlug ihr Versuch fehl. Der junge Autor bedauerte, daß nicht Herr Diaconus Schöner, der ihm durch den Ruf bekannt war, seine Arbeit vor der Hand gesehen hätte, weil es ihr dann an einer gültigen Empfehlung gewiß nicht mangeln würde. Gut, versetzte der ersuchte Verleger, wenn Herr Schöner die Sachen des Druckes würdig hält, so lasse ich mir den Verlag gefallen. — Der Autor, der keinen Censor scheute, war sogleich bereit, die Schöner'sche Approbation einzuholen. Vater Schmerler aber, durch die bisherigen Aspecten abgeschreckt, zog die Hand von der ganzen Unterhandlung ab, indeß sein Sohn, hartnäckiger in Verfolgung seines Verhabens, allein zu dem gedachten

Geistlichen gieng. — Herr Schöner nahm ihn
freundlich auf, behielt das Manuscript zum Durch-
lesen und beschied den Verfasser nach etlichen Tagen
wieder zu sich. Die Arbeit hielt er, wie natürlich,
des Druckes nicht werth; aber doch übertraf sie all
seine Erwartung. Nur schien sie ihm so wenig im
Geiste eines vierzehnjährigen Bäckerburschen geschrieben zu seyn, daß er sie eben so zuverlässig für copirt
hielt, als die vorerwähnten Spaziergänger. Da
ihn aber der Autor mit eben der Dreistigkeit auf einen Text herausforderte, so gab ihm Herr Schöner
die Worte zur Aufgabe: "Gott hat den, der von
keiner Sünde wußte, für uns zur Sünde gemacht.„ —
Ich enthalte mich aller Anmerkungen über die Wahl
des Textes. Genug, am dritten Tage darauf war
schon die geistliche Betrachtung in Herrn Schöner's
Händen. Bald darnach erhielt der junge Schmerler
den Befehl, sich in Nürnberg einzufinden. Er er-
schien pünktlich, und fand Herrn Schöner, in Gesellschaft zweyer andern Geistlichen, welche mit dem
Knaben ein langes Examen über die drey Hauptartikel, über Tauf und Nachtmahl, anstellten, nach dessen glücklicher Beendigung er die Zusicherung erhielt,
in die dritte Klasse der Sebalder Schule aufgenom-
men zu werden. Trunken vor Freuden eilte der ap-
probirte Schüler nach Hause; sein Vater aber, dem
es noch immer vor dem Studieren bangte, erstattete
davon dem Herrn Diakonus Burger unverzüglichen
Bericht. Dieser scrupulöse Theologe, welcher noch
immer behauptete, daß ein Bäcker weit leichter selig
wer-

werden könne, als ein Seelsorger, inmaßen Hunderte blos ihrer Beichtkinder willen verdammt würden, hielt mit dem jungen Schmerler eine väterliche Zweysprache. Weist du auch, fragte er ihn, was du verlangst? Kennst du auch die Wichtigkeit eines geistlichen Amtes? — Alles wahr, Ihr Wohlerwürden! erwiederte der Beichtsohn; aber ich weiß auch den Befehl Gottes, das Pfund nicht ins Schweißtuch zu vergraben. Diese Replik that Wunder. Der alte Herr breitete seine Arme aus, legte seine Hände auf des künftigen Seelsorgers Haupt, und weihete ihn feyerlich zum Dienste des Herrn.

Durch diese Benediction in seinem ohnehin felsenfesten Vertrauen auf Gott neu gestärkt, gieng unser Schmerler im Jahre 1780 nach Nürnberg ab.

In seinem schon erwähnten Gönner, dem Herrn Diakonus Schöner, fand er nun einen eifrigen Unterstützer. Von ihm erhielt er nicht nur unentgeltlichen Privat-Unterricht in der französischen Sprache; seiner Fürsorge verdankte er auch einen umwechselnden Tisch bey mehrern Mitgliedern der deutschen Gesellschaft thätiger Beförderer reiner Lehre und wahrer Gottseligkeit, unter welchen sich die Herrn Kießling und Viehweg seiner vorzüglich annahmen. Sie unterstützten ihn nicht nur durch ihren Freytisch, sondern auch mit Geldbeyträgen, zu welchen auch die von Tucherische Familie beysteuerte. Als Primaner und Mitglied eines auf der Gasse singenden Schülertrupps, als Famulus des sel. Diaconus Seidel's, und

und durch einige Informationen, verdiente er sich in der Folge selbst eine so beträchtliche Zulage, daß er seinen Aeltern, die ohnehin nun für sein tägliches Frühstück zu sorgen hatten, nicht den geringsten Aufwand verursachte. Durch eissernen Fleiß und durch ein überaus getreues Gedächtniß empfahl er sich bald allen seinen Lehrern und ließ in kurzer Zeit die meisten seiner Mitschüler hinter sich zurück, ob er gleich seine scholastische Laufbahn erst in seinem 15ten Jahre und ohne alle Kenntniß fremder Sprachen angetretten hatte. In den gewöhnlichen Versetzungen rückte er so schnell aufwärts, daß er nach anderthalb Jahren schon in der Classe des sel. Rector Munker's war. Dieser sonderbare Mann, der, ausser mehrern Eigenheiten, auch diese an sich hatte, daß er die Classiker in ein echtes Rothschmidsdeutsch übersetzte, und sich nicht wenig darauf wuste, wenn er Latinismen und Gräcismen durch Noricismen verdolmetschte, hatte freylich keinen günstigen Einfluß auf den Geschmack seiner Zöglinge; doch aber drang er auf gründliche Sprachkenntniß, und ist in diesem Betrachte vielen seiner Zöglinge, welche übrigens seiner Schwachheiten lachen, noch heute schätzbar. Unsern Schmerler liebte er, als das Universalrepertorium seines Lehrvortrags und als einen ungemein sittsamen Jüngling, vor allen andern. In gleichem Werthe stand dieser auch bey seinen sämtlichen Kostherrschaften und Wohlthätern, welche, da sie gröstentheils an der Beförderung der reinen Lehre arbeiteten, zu der leiblichen Unterstützung auch die

geist-

geistliche Wohlthat hinzufügten, daß sie ihn in ihre Zusammenkünfte und Bethstunden zogen und ihn lehrten, seiner Seelen Heil mit Zittern zu suchen. Schmerler that seiner Natur Gewalt an, um sich ganz in die Gefühlstheologie dieser Gesellschaft hineinzuschwärmen. Er strapazierte sich mit Andachtsübungen, rief Seufzer aus der Brust hervor, und war sehr bekümmert darum, daß ihm diese gewöhnlich auf halbem Wege stecken blieben. Einmal aber hatte Burger's Streittheologie, die von der der Urlsperger'schen Gesellschaft himmelweit verschieden war, in ihm zu feste Wurzeln geschlagen. Besser würde er sich zu einem Missionar unter den Ungläubigen, als zu einem Mitglied frommer Conventikeln, geschickt haben. Da er jedoch durch die unbescholtenste Aufführung, durch eine Art von Bekehrungssucht, die er unter seinen Mitschülern ausübte, durch fleissige Besuchung der Zusammenkünfte seiner Gönner, und durch Nachahmung ihres äussern Anstandes sich allen empfahl, so glaubten diese gleichwohl in ihrem Günstlinge einen zweiten Stifter ihrer Gesellschaft zu erziehen.

Von ihnen mit neuem Eifer unterstützt, bezog er an Ostern 1784 als ein zwar nur halb wiedergebohrner, aber doch mit schönen Sprachkenntnissen ausgerüsteter Jüngling, — er hatte binnen 4 Jahren lateinisch, griechisch, hebräisch und französisch erlernt — die Akademie Altdorf.

Sein heissester Wunsch war nun, seinem Predigerdrang einmal auf öffentlicher Kanzel Luft zu machen. Kaum war er etliche Wochen da, als er schon die ersten Ferien dazu benutzte, und in drey auf einander folgenden Sonntagen in Calbensteinberg, Poppenreuth und St. Peter auftrat. Man kann diese Predigten nicht ohne Verwunderung lesen, wenn man die gänzliche Umwandlung bedenkt, die in einem Zeitraume von 4 Jahren mit dem Verfasser vorgehen muste. Der Gesellschaft, in welcher er bis dahin gelebt hatte, verdankte er einen Abschliff des Burger'schen Kanzel-Gepolters; von ihr gieng auch in seinen Vorträgen eine Art Salbung über, die man freylich in seinen gedruckten Arbeiten mit Vergnügen vermißt, die aber so leicht und ungezwungen ist, daß man sie gerne dulden mag, und das um so mehr, da man für einzelne Stellen dieser Art durch viele helle Geistesblicke in die interessantesten Wahrheiten der Religion entschädigt wird. Jede neue Arbeit von seiner Hand beweißt seine schnellen Fortschritte. Wo er auftrat (und dieß geschah auch in der Altdorfer Stadtkirche für Herrn Doctor Sixt öfters) fand er ungetheilten Beyfall. Hätte er den kleinen Ueberrest von Steifheit in der Declamation und im Anstand gar ablegen können, so würde er wenig oder gar nichts zu wünschen übrig gelassen haben. — Die Unterstützungen seiner Nürnberger Gönner folgten ihm auch auf die Akademie nach, und erleichterten seinem Vater den unumgänglichen Aufwand. Im Hause des sel. Professor Nagel's,

in

in dessen Umgange er viele lehrreiche Stunden zubrachte, hatte er seine Wohnung, wurde Depositor und bezog die kleinen Renten dieses Aemtchens. Will war sein Lehrer in der Philosophie, Nagel in den morgenländischen Sprachen; Sixt in der Kirchengeschichte und in einigen Theilen der practischen Theologie; Jung in der Dogmatik, Moral und Exegese, und Jäger in der französischen Sprache, unter dessen Anleitung er einige Schriften Rousseau's übersetzte. Von allen seinen Lehrern war er geliebt und von seinen studierenden Freunden als ein junger Mann von schönen Kenntnissen und unbescholtner Aufführung geschätzt; Nagel nahm ihn in die lateinische Gesellschaft auf; in einem nach Altdorf eingepfarrten Dorfe Weisenbrunn war er als Katechet angestellt. An Fleiß und anständiger Aufführung kamen ihm wenige gleich. Keiner seiner Freunde weiß sich von ihm einer studentischen Ausgelassenheit zu erinnern, ob er gleich in vertrauten Zirkeln des Lebens so herzlich froh war, als einer. Nach einem dritthalbjährigen Aufenthalte aber ereignete sich ein Vorfall, der seiner bisherigen Unbescholtenheit höchst nachtheilig war, die meisten Beförderer seines Glückes gegen ihn unempfindlich machte, und die schönen Aussichten, die sich ihm eröffnet hatten, in dichten Nebel verhüllte. Eine Verirrung, welche den gelehrten Aeneas Sylvius nicht hinderte, heiliger Vater, sogar unter dem Namen Pius zu werden, machte ihn auf einmal jeder Aussicht auf eine geistliche Pfründe in seinem Vaterlande verlustigd.

Sei-

Seine Gönner in Nürnberg, denen dieser Fall um so viel empfindlicher war, je öfter sie den Gefallnen als ein Muster früher Gottseligkeit aufgestellt hatten, konnten dem bestürzten Jünglinge nicht vergeben, was sie nur Daviden und Salomonen zu verzeihen gewohnt waren. Alle zogen die Hand von ihm ab und überließen ihn hülflos den nagenden Vorwürfen seines eigenen Herzens und der drückendsten Schande, deren volles Gewicht nur ein Mann von seinem edlen Stolze und von seinem feinen moralischen Gefühle in dem Maaße zu fühlen vermag: Nimmer würde er auf dem gewöhnlichen Wege der rohen Sinnlichkeit in diese Stricke gefallen seyn. — Er fiel in sie in dem Rosengarten der religiösen Bruder- und Schwesterliebe, in welchem so mancher Heilige sorgenlos wandelt, weil er nicht bemerkt, wie nahe sein frommer Platonismus an Sinnlichkeit grenzt, oder — daß er selbst schon Sinnlichkeit ist.

Das Geschehene war indeß nicht ungeschehen zu machen. In der Beklommenheit seines Herzens, und von Schaam ganz in Verzweiflung gesetzt, eilte unser Schmerler von Altdorf weg, ohne zu wissen wohin. Ein günstiges Geschick führte ihn, in Gesellschaft einer seiner akademischen Bekannten, der eben mit einem andern Freunde nach Hause gieng, seinen Vater, den Pfarrer und Senior Strebel in Reusch,\*) zu besuchen, in das Haus dieses alten

---
\*) Ein der Familie Voit von Salzburg gehöriges Dorf unweit Uffenheim.

alten dienstfertigen Mannes. Unverholen klagte er diesem seine Verlegenheit. Durch diese Offenherzigkeit zum Diensteifer doppelt entflammt, lief Strebel mit ihm in das benachbarte Dorf Krautostheim, um seinen jungen Freund dem dasigen Pfarrer M. Lampert, der eben einen Hauslehrer für seine Söhne suchte, von denen die beyden ältesten auf die Akademie vorbereitet werden sollten, zu empfehlen. Ein Mann von Schmerler's Gelehrsamkeit und Mittheilungsgabe, der überdiß entschlossen war, den Posten gegen eine so mässige Vergeltung anzutreten, war dem Vater willkommen. Man war in wenig Stunden des Handels einig, und der arme Emigrant übernahm sogleich das aufgetragene Geschäft.

Hier war es, wo ich das Glück hatte, die erste Bekanntschaft meines seligen Freundes zu machen, die mir um so schätzbarer war, je seltner mir damals das Vergnügen zu Theil wurde, mich mit der Unbefangenheit eines freyen Mannes über Wahn und Wahrheit aus dem Gebiethe der Philosophie und Theologie unterhalten und Meinungen gegen Meinungen austauschen zu können. Unterhaltungen dieser Art waren auch damals mit ihm unvermeidlich. Sein philosophisches und theologisches System waren eben in Gährung, und sein Prinzipal, der diese Fermentation einem unösterlichen Sauerteige Schuld gab, hatte durch tägliche Disputen die Gährung so wenig gedämpft, daß sie dadurch vielmehr in neue Hitze gerieth. — Da Schmerler's Anhänglichkeit an die Gesellschaft zur Beförderung der reinen Lehre, (obgleich nicht seine Dankbarkeit gegen mehrere Mitglieder derselben,) einen heftigen Stoß erlitten hatte, und ein reicher Vorrath von gesammelten Kenntnissen, welche jetzt erst anfiengen, in Saft und Blut überzugehen, ihn zu reifern und freyern Untersuchungen tüchtig machte, so war es kein Wunder, wenn er nun, von seinen Lieblings-Speculationen erfüllt, jedem den Handschuh hinwarf. Bey seinem Prinzipal, dem Magister Lampert, stand er jedoch, trotz der Verschiedenheit der beyderseitigen Meynungen, in vorzüglicher Achtung. Die ihm anvertrauten Söhne, welche ihn zärtlich liebten, machten an seiner Hand sichtbare Fortschritte. Nebenbey unterstützte er auch den Vater in seinem weitläuftigen Amte, welches ihm bey der Leichtigkeit, mit der er zu denken gewohnt war, und bey der Sprachfertigkeit, die er sich erworben hatte, gar keine Anstrengung verursachte. Da er, durch Arbeiten die Woche über gehindert, seine Freunde in der Gegend gewöhnlich an Sonnabenden besuchte, so bedurfte es nur eines Winkes, und er war zur morgenden Sonntagspredigt bereit. Daß man solchen Arbeiten, die oft die Frucht einer einzigen Stunde waren, die Eilfertigkeit anmerkte, versteht sich wohl von selbst; bey alle dem aber leuchtete aus ihm der geordnete Kopf und die ausgebreitete Kenntniß des Gegenstandes, den er erwählt hatte, und sein beständiges Bestreben, etwas brauchbares zu sagen

(wor-

(woran hundert Prediger kaum zu denken scheinen) hervor.

Als im Jahre 1788 seine beyden ältesten Zöglinge die Universität Jena besuchten und kein Hauslehrer mehr nöthig war, nahm er eine andere Hauslehrerstelle bey der Familie des Kanton gebürgischen Archivars zu Bamberg, Herrn Schindler's, an, wohin ihn sein und mein gemeinschaftlicher Freund, Herr Amtmann Schneider zu Ippesheim, ein Schwager des gedachten Herrn Archivar Schindler's, empfohlen hatte.

Während seines Aufenthalts in Krautostheim hatte er oft den Mangel an Gelegenheit, die besten Bücher aus dem Gebiete der von ihm betriebenen Wissenschaften zu erhalten, beklagt. Seine Wünsche waren in allen Stücken sehr bescheiden, und leicht zu befriedigen; nur in Ansehung der Bücherliebhaberey war er luxuriös, unglücklicher Weise aber zu arm, um nur den tausendsten Theil dieses grenzenlosen Hanges befriedigen zu können. So hatte er sich z. B. während seines Aufenthalts in Krautostheim in die englische Sprache verliebt, wozu ihm der vorerwähnte Pfarrer Strebel, ein leidenschaftlicher Freund der französischen, englischen und italienischen Sprache, Veranlassung gab. Aber da war kein Lexicon, keine Grammatik, kein Lesebuch. Alles das muste indeß zusammen geborgt werden. Er lief wöchentlich ein Paarmahl dritthalb Stunden weit her, und rastete nicht eher, bis er der brittischen Spra-

Sprache so weit mächtig war, um wenigstens einen leichtern Prosaiker verstehen zu können. Jetzt sah er in dem Rufe nach Bamberg das Ziel seiner Wünsche vor sich — einen Vorrath von den besten Büchern, und belehrenden Umgang. Zufälliger Weise fand er in der Person seines neuen Prinzipals einen Mann, der eben die Theologische Schule, *) wie er, durchlaufen hatte; der noch einige Jahre zuvor bemüht gewesen war, seine Vernunft eben so sorgfältig unter den Gehorsam des Glaubens gefangen zu nehmen, als er nun für die Rechte derselben stritt. Seine geistvolle Gattin hatte fast eben diesen Weg betreten. Dieses Ehepaar und unser Schmerler waren also ganz für einander gestimmt, und wenn es wahr ist, daß man durch geistvolle Unterhaltungen mehr lernt, als aus Büchern, so befand sich Schmerler in der That in der glücklichsten Lage. Mit innigem Vergnügen erinnerte er sich wenigstens, so lange er lebte, seines Aufenthalts in Bamberg. Leid thut es mir, daß ich die Briefe nicht mehr besitze, in welchen er mir von Bamberg aus manches schrieb, was ich vielleicht hier benützen könnte. Noch mehr beklage ich's, daß ich wegen der Eilfertigkeit, mit der die Biographie im Publicum erscheinen soll, die Nachrichten, um welche ich meinen Freund, den Herrn Archivar Schindler, gebeten habe, nicht abwarten kann. Nur mit dem Allgemei-

*) Wovon seine freye poetische Bearbeitung der Bußpsalmen ein unverkennbarer Beweiß ist.

meinen muß ich mich also begnügen, daß Schmerler in Bamberg mehrere Männer gefunden, die mit ihm sympathisirten; daß er die Gelegenheiten, seinen Geist mehr auszubilden, auf's gewissenhafteste benützt; seine Eleven unermüdet auf ihre künftige Bestimmung vorbereitet, und die zärtlichste Liebe vieler Edlen, besonders des Schindler'schen Hauses, genossen hat. Die protestantischen Einwohner Bambergs fuhren ihm oft zu Gefallen, um ihn in dem benachbarten Pommersfelden predigen zu hören. In Meßzeiten hielt er zuweilen auch im Hause seiner Principalschaft, auf Bitte fremder Protestanten, Gottesverehrungen, die ungetheilten Beyfall fanden.

Seine zufriedene Lage dauerte nur bis gegen Ostern 1790. wo seine Zöglinge theils die Akademie beziehen, theils eine andere Laufbahn antreten sollten.

Um eben diese Zeit waren einige Patrioten in Fürth ernstlich darauf bedacht, die schon lang erledigte Stelle eines Oberlehrers an ihrer gemeindlichen Schule wieder zu besetzen. Unter diesen zeichnete sich der Herr Burgermeister **Mennesdörfer**, als Schuladministrator, vorzüglich aus. Allerdings ist es auffallend, daß ein Ort, der gegen 15,000 Menschen in sich faßt, einer gelehrten Schulanstalt ganz entbehrt, indeß Nürnberg mit dergleichen überladen ist. Zwar hatte man schon vor Schmerlers Anstellung immer einen Lehrer der lateinischen Sprache, unter dem Titel eines Magisters; aber der

Sold war so kärglich zugemessen, daß ein Mann, ohne Privat-Unterricht, schlechterdings nicht bestehen, und auch mit Einschluß des Letztern, nur nothdürftig sich durchwinden konnte. Dieser Mann stand überdis ganz insolirt und hatte keinen Unterlehrer, der ihm in irgend etwas andern, als im Deutschlesen, Schreiben, Rechnen und in der Nürnbergischen Kinderlehr vorgearbeitet hätte. Daß auf diese Weise auch der sogenannte Herr Magister wenig auszurichten vermochte, bedarf keiner Versicherung.

So war inzwischen die Lage der Sachen, als sich Schmerler in sehr anständigen und männlichen Ausdrücken um den erledigten Dienst bewarb. Mennesdörfer und andere Männer von Kopf und Herzen, unter welchen die Herren Billing und Hofmann, (jener, Kaufmann, und dieser, Bierbrauer in Fürth) besonders genannt zu werden verdienen, betrachteten sein Anerbieten als ein glückliches Ereigniß, welches sie mit beyden Händen ergriffen, und am 11ten April 1790 wurde Schmerler, unter dem Charakter eines Rectors, der Gemeine öffentlich vorgestellt. Wären die Grenzen, die mir zu der Lebensbeschreibung meines unvergeßlichen Freundes vergönnt sind, weniger beschränkt: so würde ich mich nicht enthalten können, die schön gedachte und gesagte Rede, mit der ihn Herr Mennesdörfer in sein Amt einwieß, wörtlich mitzutheilen. Eben dieser von ganz Fürth geschätzte Patriot suchte auch
den

den geringen Gehalt, der mit der Lehrstelle verbunden war, zu erhöhen; aber troß der gemachten Zulage belief ſich doch derſelbe, auſſer der ſchönen Wohnung auf dem Schulgebäude und dem gewöhnlichen Schulgelde, nicht über 170 fl. Rhl. wogegen ſich Schmerler anheiſchig machte, täglich 4 Stunden öffentlichen Unterricht zu ertheilen. Die Wahl der Lehrgegenſtände überließ die Schuladminiſtration ganz allein dem Gutbefinden des erwählten Lehrers, welcher den von ihm entworfenen und von der Schuladminiſtration gebilligten Lectionsplan ſeiner Antrittsrede, deren ich weiter unten gedenken werde, beydrucken ließ. Er machte ſich darin verbindlich, die Naturhiſtorie nach Büſching's Unterricht in der Naturgeſchichte; die Erdbeſchreibung nach dem Auszuge aus Büſching's Geographie; die allgemeine Weltgeſchichte nach Lorenz's Anleitung zur Univerſalhiſtorie; die Naturlehre nach Bergmann's phyſicaliſcher Geographie, verbunden mit Erxleben's Anfangsgründen der Naturlehre; die chriſtliche Religion nach Diedrich's Anweiſung zur Glückſeligkeit, oder auch nach dem Religionsunterrichte für Kinder, nach Salzmanniſcher Lehrart, vorzutragen; auſſerdem aber, in den Nachmittagsſtunden, die lateiniſche und franzöſiſche Sprache zu lehren und beſonders in der Mutterſprache Unterricht zu ertheilen.

Die Urſache, warum die beyden deutſchen Schulen ſich nicht an die Reformation, die

Schmerler unternahm, anschloßen, ist, wie aus dem vorigen erhellt, wohl nicht in der Abgeneigtheit der Schuladministratoren zu suchen. Ein Theil des leidigen Schlendrianismus liegt in den einmal aufgestellten Lehrern, und dann — in dem grosen Haufen des Volkes, der noch zu wenig auf eine Hauptreform vorbereitet ist.

Schmerler that indeß für seine Person, was er ohne Beyhülfe der Unterlehrer vermochte. Da seine Klasse nicht zahlreich war und meist aus Kindern solcher Aeltern bestand, die Ihnen selbst eine bessere Bildung zu geben suchten und dadurch dem Lehrer vorarbeiteten: so konnte er sich auch, was einmahl nicht zu ändern war, gefallen lassen.

Daß die neue Einrichtung, die er in der Schule traf, hier und da einen Gegner fand, darf ich wohl nicht erst erinnern; einige denkende Köpfe nahmen sich aber der guten Sache mit solchem Eifer an, und wußten den Volksgeist so geschickt zu lenken, daß Schmerler über seine Neuerungen auch vom Pöbel nicht die mindeste Kränkung erlitt.

Schon bey dem Antritte seines Lehramtes hatte Herr Mennesdörfer gegen ihn den Gedanken geäussert, wie verdient er sich durch öffentliche Sonn- und Feyertags-Vorlesung über gemein interessante Gegenstände um die erwachsene Jugend und um die sämtliche Bürgerschaft machen könnte. So etwas lies sich Schmerler nicht zweymal sagen. Sobald

bald er sein Lehramt angetretten hatte, eilte er, diesen Gedanken zu realisiren. Unter dem 5ten September 1790 kündete Mennesdörfer diese Vorlesung, in Namen der Schuladministration, durch einen Anschlag öffentlich an, weil Schmerler Bedenken trug, sich selbst als einen Lehrer seiner Mitbürger aufzuwerfen. Eine grosse Anzahl von Menschen aus allen Ständen und von dem verschiedensten Alter, männlichen und weiblichen Geschlechts, fand sich, über alles Erwarten des entzückten Redners, in seinen Vorlesungen über die Naturlehre (die in der Folge gedruckt wurden) ein. Mennesdörfer versäumte keine Stunde, und gieng also durch sein eigenes Beyspiel voran. Eben das thaten die übrigen Herren Burgermeister und Vorsteher. Noch aufmunternder war das schöne Beyspiel, welches Herr Hofrath von Denzel und Herr Commissions-Rath Lips gaben. Kein Wunder, daß auch die übrige Versammlung die nützlichen Vorlesungen mit unerkaltetem Eifer besuchte. Schmerler drückt darüber selbst seine Empfindung in der Vorrede zu der Auflage dieser Vorlesung aus. Nachdem er die über die Naturlehre beschlossen hatte, begann er seine Vorlesung über die **bürgerliche Moral**, mit Beyspielen belegt. Diese aber wurde schwächer besucht, ungeachtet die eingestreuten Beyspiele aus schon bekannten Grundsätzen der Moral einen gewissen Reiz der Neuheit gaben. Schmerler bereute daher, nicht lieber die Naturgeschichte, oder etwas ähnli-

ähnliches zum Stof seiner Unterhaltungen gewählt zu haben.

Die wöchentliche Niederschreibung der mehr erwähnten Vorlesungen; ein täglicher Jugend-Unterricht von 4 — 5 Stunden, und ausser dem noch die Privat-Unterweisung, welche er der Tochter des Herrn Hofraths von Denzel, und dem Sohne des jüdischen Arztes Herrn D. Wolff's ertheilte, würden einen gewöhnlichen Studierhandwerker mehr als zu viel beschäftigt haben. Schmerler's rastloser Geist aber behielt, nach einer 6 — 7 stündigen Anstrengung, noch Lust und Kraft genug zur ausgebreitetsten Lecture und zu einer Menge literarischer Arbeiten, die er in einem Zeitraume von vier Jahren dem Publicum vorgelegt hat. Ich kann mich nicht entbrechen, bey dieser Gelegenheit eine Anecdote zu erzählen, welche die Menge seiner so schnell aufeinander gelieferten Schriften betrift. Bey dem letzten Besuche, den er mir im Frühlinge 1794 schenkte, verlangte er vor Schlafengehen etwas zur Morgen-Lecture. Ich gieng, und kam mit einem Stosse Büchern, so viel ich ihrer unter dem Arme fassen konnte, zurück. Schmerler lachte. Du willst wohl, sagte er scherzend, daß ich bis zu meiner Abreise im Bette liegen und lesen soll, um dir die Kost zu ersparen? Indessen lief er mit flüchtigem Auge die Titel-Schilder der auf den Tisch gestürzten Bücherreihe durch, und fand zu seinem Erstaunen, daß sie alle von seiner eigenen Hand waren.

Herr

Herr Gott! rief er aus. Für einen so kinderreichen Vater habe ich mich selbst nicht gehalten; aber die grosse Schaar ist wohl daran Schuld, daß keines sorglich genug erzogen seyn wird.

Ich ergreife diese Veranlassung, ein vollständiges Verzeichniß seiner sämtlichen Schriften mit kurzen Bemerkungen zu liefern.

1. Ueber die Bestimmung des Menschen. Eine Gelegenheitsrede bey seiner Einführung in die pädagogische Lehrstelle an der gemeindlichen Schule in Fürth. Schwabach, Mitzler. 1790 in 4.

2. Leichenreden, vorzüglich zum Gebrauche bey sogenannten Leseleichen auf dem Lande. 1ter Theil, Nürnb., Grattenauer 1790. 2ter Theil, ebend. 1791.

Den ersten Theil hatte er schon in Bamberg geschrieben. Zeltner's und Sponzel's ähnliche Arbeiten sind bekanntlich in unsern Tagen ganz unbrauchbar. Rose's Kanzelvorträge zum Gebrauch bey Leseleichen taugen nicht für das Land. Die Bunzel'schen sind mir nicht zu Gesicht gekommen. Sollten aber auch diese den Schmerler'schen an Güte gleich kommen: so vermindern sie doch die Verdienste nicht, die sich Schmerler durch diese Vorlesungen um die Liturgie seines fränkischen Vaterlandes erworben hat. Sie empfehlen sich durch Kürze, Faßlichkeit, Zweckmäßigkeit der Materien, und durch Vermeidung aller zu speciellen Anwendungen, welche nur selten auf den würklichen Fall passen.

3. Marmontel's moralische Erzählungen, nach der neuesten französischen Ausgabe übersetzt. 4 Theile. Nürnb. in der Bauer und Mann'schen Buchh. 1791.

In dem vorigen Jahrgange der jenaischen allg. Lit. Zeit. wird diese Uebersetzung mit der neuesten des Herrn Hofrath Schütz confrontirt. Allerdings verliert sie bey dem Vergleiche mit dem Schütz'schen Kunstwerke; doch aber behält sie vor allen ältern Uebersetzungen marmontel'scher Erzählungen bey weitem den Vorzug. Schmerler selbst war mit der Arbeit nicht mehr ganz zufrieden, und bedauerte, zu flüchtig gearbeitet zu haben.

4. Sophrons Lehren der Weisheit und Tugend für seine erwachsene Tochter; oder, Versuch einer Frauenzimmermoral. 3 Theile. Erlang, bey Palm 1791.

Die Veranlassung zu diesem Werke gab Campe's väterlicher Rath für seine Tochter, welchem Schmerler in vielen Stellen nur allzu treu geblieben ist. Uebrigens hat er die Materien weiter entwickelt und Gegenstände mitgenommen, die dort übergangen sind. Erst da sowol dieses, als auch die beyden nachfolgenden Werke über die Moral (nämlich, die Moral für Jünglinge ganz, und die Moral für's Volk halb) abgedruckt waren, machte er sich mit den Kantischen Schriften vertrauter, und wünschte, von einem festen Princip ausgegangen zu seyn. Vielleicht hat er sich in dem 2ten Theile seiner Moral

ral für den Bürgerstand, der erst nach seinem Tode unter die Presse gekommen ist, darüber selbst erklärt. Mit Kant's Moralprincip war er wenigstens in den spätern Zeiten ganz einverstanden, so wenig er übrigens mit einigen andern Kantischen Grundsätzen in's reine kommen konnte.

5. Sophrons Lehren der Weisheit und Tugend für seinen erwachsenen Sohn. 2 Theile, Leipz. bey Voß und Leo. 1793.

Dieses Werk, zu welchem er durch Campe's Theophron veranlaßt wurde, ist sowohl in Ansehung der Anordnung, als des Ausdrucks, nach meinem Gefühle, weit vorzüglicher, als die Frauenzimmermoral. Die beygefügten Regeln des Umgangs sind größtentheils aus dem berühmten Knigischen Werke über den Umgang mit Menschen ausgehoben. Uebrigens gilt auch von dieser Moral, was ich bey der vorigen erinnert habe.

6. Vorlesungen über die bürgerliche Moral. Meinen lieben Mitbürgern gehalten und meistentheils mit moralischen Erzählungen belegt. 1ter Theil. Nürnberg bey Pech, 1793. (Der zweyte Theil ist jetzt unter der Presse.)

Diese Vorlesung, welche Schmerler in den Winterhalbjahren 1791 — 92. und 92 — 93 gehalten hat, unterscheiden sich nicht nur durch Einkleidung und Ausführlichkeit sehr merklich von Bahrdts Moral für den Bürgerstand, sondern auch durch einen ganz andern Gang. Schmerler behandelt mehrere Materien, die der sel. Bahrdt blos berührt, oder gar übergangen hat, und läßt da-

C 5

gegen manches weg, was Bahrdt bloß durch Unterschleif in das Gebieth der Moral gezogen, oder allzugewagt und ungeprüft hingeworfen hatte. — Auch hier beginnt er noch mit der Glückseligkeitslehre und führt alles auf sie zurück. In der Lehre vom Daseyn Gottes unterscheidet er Glauben und Wissen nicht bestimmt genug. Letzteres aber ist vielleicht ein Vorzug des Buchs, wenn man seine Bestimmung erwägt, da der grössere Haufen des Bürgerstands die subtilern Distinctionen leicht hätte mißverstehen und die, gegen die gewöhnliche Beweißmethode, gemachten Schwierigkeiten leicht als Ableugnung des Satzes hätte ansehen können.

7. **Moralische Erzählungen und Schilderungen,** gesammelt von Schmerler. Nürnberg bey Pech. 1793.

Durch die hier gesammelten Erzählungen hatte er seine Schüler im Declamiren geübt, und zugleich ihr moralisches Gefühl zu bilden gesucht. In der Vorrede erklärt er sich ein wenig unzureichend über seine Compilation, die er aus den Erholungsstunden des Mannes von Gefühl, aus Sulzer's Vorübung, Meißner's Skizzen und andern, meist sehr gelesenen Werken, gemacht hat.

8. **Vorlesungen über die Naturlehre,** meinen lieben Mitbürgern gehalten. Mit etlichen Kupfern. Nürnberg bey Stein, 1792.

Was Bode, Erxleben, Ebert, Wunsch, Helmuth' u. a. über die hier behandelten Gegenstände geschrieben haben, ist mit kluger Auswahl benutzt, mußt. Daß man keine neue Aufschlüsse und Erholungen hier suchen dürfe, gesteht er selbst in der Vorrede; überhaupt war er zu wenig Physiker, um mehr geben zu können, als andre schon vor ihm gegeben hatten. Aber das Verdienst einer sehr anschaulichen Darstellung gebührt ihm. Schade, daß der Corrector sein Gewissen nicht besser bedacht, und oft Sinnentstellende Fehler übersehen hat.

9. Hochzeitpredigten. Coburg bey Ahl 1792.

Nach meiner Einsicht ist dieß das Beste, was Schmerler geschrieben hat. Gedankenfülle; feines moralisches Gefühl; Menschenkenntniß, und eine seltne Gewandtheit und Eleganz des Ausdrucks geben diesen Predigten einen vorzüglichen Rang unter den besten Arbeiten dieser Art. Der Verfasser selbst hielt sie für sein vollendetstes Schriftstellerproducte, auf das er auch die meiste Zeit verwendet hatte.

10. Beichtreden. Bey Grattenauer 1ter Theil 1792. 2ter Theil 1793.

Ein Werkchen, das ein unverkennbarer Beweiß seiner hellen Einsichten in den Geist der Religion ist, und als Muster guter Beichtreden besonders von denen gebraucht zu werden verdient, die nur erschüttern, und durch Bußpsalmodien es zur Zerknirschung und zum Durchbruche bringen wollen.

11. (Ohne Nennung seines Namens) Freymüthige Betrachtungen über die Dogmatische Lehre

re von Wundern und Offenbahrungen, in Briefen an einen Freund. (Ohne Verlagsort) 1792.

Ein Werkchen, das ihm manchen Feind gemacht hat, da er es, wie die meisten anonymischen Schriftsteller, nicht von sich gewinnen konnte, seine Vaterschaft zu verschweigen. Bey Ausarbeitung dieses Werkchens, das besonders den Aeusserungen des sel. Döberlein's, (auf welche sich seine blinden Nachbeter vielleicht allzuviel zu Gut thaten) entgegengesetzt ist, hat Schmerler vergessen, das bekannte Buch über Offenbahrung, Judenthum und Christenthum zu benutzen, welches 1785 bey Nicolai in Berlin erschienen ist. Das Werkchen macht das Aufsehen nicht, welches ihm sein Urheber geweissaget hatte, da es unglücklicher Weise mit einem ganzen Troß ähnlicher Schriften erschienen und eben um diese Zeit Fichte's Versuch einer Kritik aller Offenbahrung heraus kam, welcher das baufällige Gebäude des bisherigen Systems durch einige philosophische Pfeiler wieder zu unterstützen sucht. Ein verachtungswürdiger Zelote streuete, nach dem Tode des sel. Schmerler's, ein ungereimtes Flickwerk in Reimen, unter dem Titel aus: Schmerler's Geist an seinen Leichenkarmendichter, in welchem er harte Ausfälle auf dieses Werkchen macht. Wäre Schmerler noch einmal erwacht: so würde er es ohne Zweifel angesehen haben, quasi illum asinus calcitrasset. Ich will daher auch in seinem Namen kein Wort darüber verlieren. — Uebrigens kann dieses Werkchen, welches zwar nicht den glaubigen Athanasianer, aber doch den scharfen Denker verräth, als ein ungeheucheltes Glaubensbekenntnis des Verstorbenen angesehen werden. Seine drey Hauptartikel (man sehe S. 4. der

der Vorrede zu dem angeführten Werkchen) waren. Es ist ein Gott, Schöpfer, Regierer, Erhalter der Welt, und Vater der Menschen; — es ist eine ewige Fortdauer des Geistes; — es ist eine Belohnung des Guten und eine Bestrafung des Bösen in jenem Leben; oder: der Zustand des Menschen in jener Ewigkeit wird sich genau nach dem Verhalten des Menschen in diesem Leben richten. — An so genannte reine Bibellehren glaubte er wenig oder nichts; aber was er glaubte, das glaubte er mit Verstand, und gründlicher Ueberzeugung, und bewährte seinen Glauben durch schönere Werke, als tausend seiner Gegner.

12. Gesundheitslehre für Kinder. (zum Besten armer Waisen) Nürnberg bey Grattenauer. 1793.

In der Nürnbergischen gelehrten Zeitung that Schmerler, kurz vor Erscheinung dieses Buchs, einen harten Ausfall gegen Faust's Gesundheitskatechismus, und kündete am Schlusse der Recension seine Gesundheitslehre an. Sie scheint aber Kennern ebenfalls nicht ganz Genüge geleistet zu haben. In einigen Stücken scheint sie mir zwar den Faustischen Katechismus zu übertreffen; in andern aber bleibt sie eben so unverkennbar hinter ihm zurück. Indeß ist dieses Werkchen ein Beweiß, wie geschwind sich der Verfasser in allen Fächern zu orientiren wußte. Vielleicht hat er sich selbst dadurch Abbruch gethan, daß er es so absichtlich auf eine Confrontation anlegte.

13. Lateinisch deutsches und deutsch-lateinisches Wörterbuch, zum Gebrauche für Schulen be-

bestimmt und ausgearbeitet. Erlang bey Palm 1794.

> Der deutsch-lateinische Theil ist vom Herrn Collaborator Popp in Erlang, weil Schmerler die entsetzliche Anstrengung, mit der er in etlichen Monaten den ersten Theil ausarbeitete, nicht länger aushalten konnte. Seine Absicht war, ein möglichst wohlfeiles Wörterbuch zu liefern, welches zum Aufschlagen bequemer, als das nach der Abstammung geordnete Scheller'sche kleine Wörterbuch wäre, und doch alle Vorzüge desselben in sich vereinigte. Bey mehrerer Musse würde er allerdings mehr geleistet haben; aber doch auch in seiner Unvollkommenheit gehört das Buch immer unter die besten seiner Art.

14. Allgemeiner Volks-Calender für den Bürger und Landmann, 1795. Nürnberg bey Stiebner.

> Anfangs war der Verfasser gesonnen, auf Ansuchen des Verlegers, meinen Wilhelm Denker'schen Hauscalender fortzusetzen. Aus gewissen Gründen fanden aber Verfasser und Verleger das Unternehmen unrathsam, und so entstand binnen 8 — 14 Tagen dieser Allmanach, der vor Andern nichts eigenthümliches hat, als den vom Verleger beigefügten französischen Calender.

15. Fürther Intelligenzblatt. — (Nur wenige Stücke kamen davon heraus, als es schon wieder, wegen Mangel an Abnehmern, zu Grabe gieng.)

16. El-

16 Einige Recensionen in der Nürnbergischen gelehrten Zeitung.

Schon dieses Verzeichniß seiner Schriften wird einiger Maſſen mein Urtheil über sein Genie, daß es nämlich blos cultivirend war, rechtfertigen; es giebt aber zugleich auch den sichersten Beweiß von seiner rastlosen Thätigkeit. Das für seine Arbeiten erhaltene Honorar wendete er größtentheils auf Bücher. Seine ganz neu und mit der besten Auswahl in einem Zeitraume von 4 Jahren angeschafte Bibliothek enthält über 500 der lehrreichsten und schönsten Schriften, welche dem Verstorbenen wenigstens ein Kapital von 1000 fl. gekostet haben. Desto leichter aber war er in allen körperlichen Bedürfnissen zu befriedigen. Den Tisch nahm er, gegen ein angemessenes Kostgeld, in seinem älterlichen Hause. Das Frühstück brachte ihm seine Mutter auf sein Logis, in dem Schulgebäude. Mit Leckereyen war ihm gar keine Ehre zu erweisen. Je frugaler der Tisch, desto froher der Gast. Eigentlich merkte er gar nicht auf die Gegenstände seiner Verdauung. Es würde einen welschen Hahn für eine Gans gegessen, und den besten Hochheimer für gemeinen Frankenwein getrunken haben, wenn ihm niemand das Verständniß darüber geöffnet hätte. Sein gewöhnliches Getränk war indes Wasser, und sein Appetit sehr mäſ-
ſig.

ſig. — In ſeiner Tracht war er jedem Schneider-lehnbar. Wie dieſer den Rock zuſchnitt, und welche Farbe er ihm anrieth, ſo war er auch zufrieden. Madame Mode konnte an ihm keine Eroberung machen, und wenn er ihr auch zuweilen durch Ein Kleidungsſtück huldigte: ſo ſündigte er durch zwey andre deſto gröblicher gegen ihre Launen. Als er in chvorigem Jahre (was er gewöhnlich in den Ferien that) ſeine fränkiſchen Freunde in meiner Gegend beſuchte, wollte er von Ippesheim aus nach Würzburg wandern, um einem angeſehenen Manne daſelbſt ſeine Aufwartung zu machen. Amtmann Schneider bot ihm, wegen des ſchlimmen Weges, ſein Pferd an, welches er auch — ſo wenig er übrigens das Reiten und Fahren liebte — annahm. Das Pferd wurde vorgeführt, und Schmerler war kaum abwendig zu machen, ſeine Halbſtiefeln und den Haarbeutel (in dieſer Tracht war er nämlich als Fußgänger zu uns gekommen) abzulegen, die Erſtern mit ganzen Stiefeln, und den letztern mit einem Zopfe zu vertauſchen. Die Convenienz des Publicums, einen ſolchen Aufzug an einem Reiter unſchicklich zu finden, ſchien ihm etwas ganz unbekanntes zu ſein. Bey ſeiner Zurückkunft hatte er eine neue wollene Satteldecke, mit der ihn Schneider verſehen hatte, unter dem Hintern weg verlohren, ohne den großen Unterſchied zwiſchen einem harten engliſchen Sattel, und der zuvor darüber geſchnalten weichen Decke nur bemerkt zu haben.

Er

Er war überhaupt nirgends so ganz zu Hause, wie in der Bücherwelt. Eine Naturgeschichte hatte für ihn mehr Interesse, als die Natur selbst, ob er gleich auch für diese nicht unempfindlich war. Für alles, was nicht mit dem Bücherwesen, von welchem er ausserordentliche Kenntnisse besaß, in Verbindung stand, hatte er wenig Sinn. Künste und Handwerker würden ihm ganz gleichgültig gewesen seyn, machte nicht die Technologie einen eigenen Theil der Literatur aus.

Sein Anstand hatte etwas steifes, und empfahl ihn nicht sehr auf den ersten Anblick; sobald er aber anfieng zu sprechen, besonders wenn die Unterhandlung ins Gebiet der Literatur einschlug, sobald hatte er auch Alles für sich gewonnen, vorausgesetzt nämlich, daß niemand in der Gesellschaft war, der Freymüthigkeit für Schleifwaare hielt. Seine Vorliebe für literarische Gespräche war so groß, daß er zuweilen weibliche Gesellschaft mit gelehrten Grübeleyen unterhielt; aber er mußte dann der Sache einen solchen Anstrich zu geben, daß er gewöhnlich Ehre damit einlegte. So hörte ich ihn einmal einer zahlreichen Gesellschaft von Frauenzimmern eine Art Vorlesungen halten, über Leibnizens harmonia præstabilita, weil eben dieser Ausdruck in der Unterhaltung des männlichen Geschlechts vorgekommen war. Alle hörten ihn mit gespannter Aufmerksamkeit zu, fragten dazwischen, und versicherten am Ende den Philosophen ihres herzlichsten Dankes. Damit

D  will

will ich ihm aber keineswegs eine angenehme Unterhaltungsgabe über gemeininteressante Gegenstände absprechen. Er war ein munterer Gesellschafter; reich an allerley, zum Theil komischen Anecdoten, die er ungemein gut zu erzählen wußte. Herzlichen Antheil nahm er an jeder unschuldigen gesellschaftlichen Freude; nur durfte sie nicht in Spiel und Tanz bestehen, denn in diesen galanten Künsten war er ganz unerfahren.

Ob sein Bildniß, welches erst nach seinem Tode gezeichnet worden ist und der Biographie voran steht, getroffen sey, oder nicht, kann ich nicht sagen, da mir die Zeichnung nicht zu Gesichte gekommen ist. *) Er war ein langer, hagerer Mann, von blasser Gesichtsfarbe, blauen, weltsehenden Augen und blonden Haaren. Auf seinem gar nicht übel gebildeten Gesichte drückte sich sein lebhafter und denkender Geist aus, besonders aber die Wohlwollenheit, mit der er selbst Feinden zugethan war.

Ich habe wenig Menschen in der Welt von solcher Seelengüte, und von so wenig Anmassung bey so mannichfaltigen Kenntnissen gefunden. Er war im Stande Nächte durchzuwachen, um seinen Freunden eine Gefälligkeit zu leisten. Man durf-

---

*) Alle, die den Seligen kannten, werden der Abbildung desselben das Verdienst der sprechendsten Aehnlichkeit zugestehen. Die Verleger.

durfte nur fordern; und sein Herz war schon zur Gewährung bereit. Der süßen Worte hatte er jedoch nur wenige in seiner Gewalt. Mit Freundschaftsversicherungen gieng er sehr sparsam um; desto zuvorkommender aber war er durch die That. Eine empfangene Freundschaft, wenn sie auch noch so gering war, blieb ihm beständig im Andenken; aber was er andern zu Liebe that, schien er in der ersten Viertelstunde wieder vergessen zu haben. Nie hörte ich ihn einer von ihm erwiesenen Freundschaft erwähnen, selbst dann nicht, wenn sie mit Undank belohnt wurde. Nie hörte ich ihn in der Hitze der Leidenschaft einen Dritten herabwürdigen. Sah er sich auch gedrungen, etwas nachtheiliges von jemand zu sagen: so war es immer im Geiste der Schonung und Liebe. Nur gegen den Despotismus jeder Art, besonders gegen Glaubensdespoten, war er bitter. Das Blut stieg ihm in das Gesicht und seine sonstige Sanftheit gieng in Empörung über. Stadt- und Dorfpäbste waren ihm unerträglich verhaßt, und so wenig er sonst Lächerlichkeiten bemerkte, so scharfsichtig war er in Ausspähung der Schwachheiten dieser Dalai-Lama's. Er selbst würde auch in der höchsten Ehrenstelle der Nämliche geblieben seyn. Titel und Rang hatten nicht den geringsten Reiz für ihn, und seinen Rücken würde er vor einem Generalsuperintendenten nicht um eine Linie tiefer gekrümmt haben, als vor einem Dorfschulmeister, wenn er nicht an dem Erstern wirkliche Vorzüge verehrt hätte. — Von seinen Aeltern sprach er nie anders, als mit der innigsten Achtung und Liebe. Sein Vater, ehemals ein echter Burgerianer, hatte nach seiner Weise öfters mit ihm controvertirt; aber nie sprach ihm der gelehrte Sohn die Turnierfähigkeit ab; er zog sich vielmehr bescheiden zurück und gewann dadurch über den, für alles Gute empfänglichen, Mann weit mehr, als durch absprächendes Betragen. — An Uneigennützigkeit wird ihn nicht leicht jemand übertreffen. Nur für die gute Sache schlug sein Herz und nicht für den eigenen Vortheil, wenn nicht beydes miteinander vereinigt werden konnte.

Einem Manne von diesem Charakter wünschte gewiß jeder, der ihn kannte, das Alter eines Greisen, und eine angemessenere Belohnung seiner Kenntnisse und seiner Thätigkeit. Letztere würde er ohne allen Zweifel gefunden haben, und zu dem Erstern würde er wahrscheinlich auch gelangt seyn, hätte er nicht durch allzustrengen Fleiß seine Gesundheit untergraben. Meines Wissens hatte er nie eine erhebliche Krankheit erlitten, wenn ich ein hartnäckiges Wechselfieber ausnehme, das ihn in Krautostheim, bald nach seiner Ankunft, befiel, an welchem vielleicht der innerliche Gram keinen geringen Antheil gehabt hat. Selbst die unmäßigste Anstrengung seiner Kraft schien keinen nachtheiligen Einfluß auf seine Gesundheit zu haben. Die ersten übeln Folgen des allzustrengen Sitzens fühlte er im Winter 1793 — 94, in welchem er neben seinen

Amts-

Amtsarbeiten das vorhin erwähnte Wörterbuch schrieb. Alle seine Freunde waren um seine Gesundheit besorgt, als er bald nach Vollendung desselben meine Gegend besuchte; nur er glaubte schon wieder ganz hergestellt zu seyn.

Aber allzufrühe gieng die Besorgniß seiner Freunde in Erfüllung. Am 20sten Sonntag nach Trinitatis vorigen Jahrs, (2 Nov. 1794.) besuchte er nach Tische, in Gesellschaft seines Vaters, seinen in Großreuth ansäßigen Bruder. Gegen seine sonstige Weise klagte er auf dem Heimweg über Müdigkeit und bat seinen Vater, langsamer zu gehen. Er fühlte Frösteln, Brustbeklemmung und Kopfweh; schlug am folgenden Morgen sein gewöhnliches Frühstück aus und aß auch Mittags nur äusserst wenig. Dennoch aber versah er am Mondtage sein Amt. Eben das that er auch noch am Dienstage mit sichtbarer Anstrengung seiner letzten Kraft. An dem Mittwoche brach ein hitziges Schleim- und Gallenfieber aus. Sein Freund, der gelehrte Herr Doctor Wolff, dessen Sohn er unterrichtet hatte, bot alles auf, was die Kunst vermag; aber vergeblich. Ein andrer gelehrter Arzt wurde aus Nürnberg dazu geruffen; aber auch dessen Versuche verfiengen nicht. Alle mögliche Zufälle, die mit der erwähnten Krankheit verbunden seyn können, wechselten mit einander ab. Endlich gesellte sich ein Nervenfieber dazu, durch welches sich die Besorgniß der Aerzte und seiner Freunde, die ihn fleißig besuchten, aufs höchste stieg. Unter den Letztern war sein Beichtvater, Herr Archidiakonus Frommüller, ein Mann, für dessen Kopf und Herz Schmerler ungewöhnlich eingenommen war, und von dessen Kanzeltalenten er nicht genug zu rühmen wußte. — Seine letzte Bitte an diesen würdigen Mann war diese, seine bestürzten Aeltern zu trösten, da er selbst, wegen des unleidlichen Kopfwehs und der damit verbundenen Schwachheit, nur wenig sprechen konnte. Für seine Person war er auf alles gefaßt. Gleich bereit zu leben und zu sterben, sah er in die Zukunft heiter hinaus, welcher seine Freunde, mit so vieler Beklommenheit, entgegenweinten. Die Trostgründe gegen den Tod, die er in seinen Leichenreden so warm an das Herz legt, und die bessere Zukunft, an die er, was auch die Zelotenzunft von seinen ketzerischen Grundsätzen denken mag, felsenfest glaubte und von einem guten Gott hoffte, setzte ihn hinweg über alles, was ihn an diese Welt fesselte, bis er unter Frommüller's Gebeth, nach einem neuntägigen Krankenlager, am 13ten November, Nachts gegen 9 Uhr, ins Reich der Vollendung übergieng, alt 29 Jahre, 9 Monate, und 15 Tage.

Wie lebhaft sein Werth anerkannt und wie zärtlich er von seinen Mitbürgern geliebt war, beweist die ehrenvolle Beerdigung, die ihm zu Theil wurde. Im echt griechischen Geiste schlug Herr Mennesdörfer eine glänzende Bestattung des Ver-
stor-

storbenen auf öffentliche Unkosten vor. Dieser Vorschlag fand ungetheilten Beyfall. Zum erstenmale mußte der im vorigen Sommer erst angeschafte Leichenwagen Dienste thun. In aller Eile wurden die schwarzen Bedeckungen der Pferde herbeygeschaft, und am 18ten November gieng die Beerdigung vor sich. Der Leichenzug gieng von dem gemeinschaftlichen Schulhause nach der Kirche. Dem Leichenwagen folgten in 8 Abtheilungen die 16 Gemeindevorsteher als erbettene Herren Träger; dann die Herren Burgermeister; nach diesen die Herren Schul-Administratoren; darauf die Scholaren des sel. Schmerler's mit Flöhren. Ihnen folgten die Lehrer der Trivialschule mit ihren Schülern, an welche sich der zahlreiche Leichenconduct anschloß.

Frommüller hielt die Beerdigungsrede über Gal. 6, 8 — 10. Der größte Theil der Versammlung brach in helle Thränen aus, und Frommüller selbst mußte alle Kraft anstrengen, um das Schluchzen zu unterdrücken. Vielleicht erfüllt er den Wunsch vieler seiner Verehrer, diese Rede, in Gesellschaft einiger ihrer Schwestern, dem Druck zu überlassen. — Mir sey es vergönnt diese Biographie, die ich mit Thränen im Auge beschliesse, mit den Versen zu enden, mit denen Frommüller seine Rede beschloß:

Nicht blos für diese Erdenwelt
Schlingt sich der Freundschaft Band;
Erst wann der Freund ins Grab hinfällt,
Wird ganz sein Werth erkannt.
Dort, wo der Freude Urquell fließt,
Nichts unser Auge trübt,
Wo sich das volle Herz ergießt
Und ewig lebt und liebt;
Dort wird der Freundschaft hoher Werth,
Den du und ich empfand,
Von Engeln Gottes selbst verehrt,
Dort ist ihr Vaterland!
Verwandte Seelen lieben sich
Zwar hier schon unverstellt;
Doch reiner noch einst du und ich
In einer bessern Welt! —
Einst wird auch mein gebrochner Blick
Nach jener Welt hinsehn,
Dann tröste mich das süße Glück,
Daß wir uns wieder sehn!

# Subscribenten.

### In Altdorf.

Exempl.
- 1 Herr Siebenkees, Doctor und Professor.
- 1 — Göz, Doctor und Professor
- 1 — Braun, Stadtschreiber
- 1 — Will, Professor
- 1 — Gabler, Doctor und Professor
- 1 — Vogel, Doctor und Professor
- 1 — Dorn, Vicarius in Feucht
- 1 — Adler, Rektor
- 1 — Doll, Schulmeister
- 1 Frau Professorin‑Späth

### Anspach.
- 1 Herr Johann Adam Schäffer, Magister und Konrektor

### Bayreuth
- 1 — Fr. W. A. Lanritz, d. W. und beeder Rechte Doctor.

### Bamberg
- 1 — Hornthal, Landgerichts‑Assessor, Hof‑ und Regierungs‑Advocat.

                    1 Exempl.

Exempl.

1 Herr H. K. E. Schindler, Kanton Gebürgischer Archivar

### Erlangen.

3 Herr Louis Cella, Haushofmeister
1 — François Rebattier, Kammerdiener

### Euersbach.

1 Herr Geyersbach, Amtmann
1 — Munck, Pfarrer
3 — Bauer, Hofprediger und Consistorialrath zu Castell
1 — Hatzel, Oekonomie-Inspector zu Frankenberg

### Fürth.

12 Sr. Erlaucht Christ. Wilh. Carl Grafen von Pückel und Limpurg, Königl. Dänischer würklicher Kammerherr und Ritter des Churpfälzischen Löwen Ordens
1 Herr G. T. C. Frommüller, Diaconus
1 — Barthel, Apothecker
1 — Heerdegen, Schuhmacher
1 — Bischoff, Rector an des sel. verstorbenen Herrn Schmerler's Stelle
1 — Joh. T. Leininger, Schuhmacher
1 — Joh. C. Reichel, Schuhmacher
1 — And. Spanner, Administrator an der Armen und Waisen-Schule
1 — Jon. Ziegler, Klein und Großuhrmacher
1 — Conr. Jensel, Klein- und Großuhrmacher

1 Exempl.

Exempl.

1 Herr Fränkel, d. jüngere  
1 — Wolff, d. jüngere  
1 — M. B. Lazarus, d. jüngere  
       Schüler des Herrn Schmerler's.
1 Herr Joh. Mößner, Gastwirth im Brandenburgischen Hause
1 — Joh. E. Müller zu Steinsee
3 — Göbhard, Gerichtsschöpf in Fürth
2 — Döderlein, Kaufmann in Fürth
1 — Alb. L. v. Denzel, Königl. Preußischer Hofrath
1 — Joh. Alb. Lips, Königl. Preußischer Commißions-Rath
1 — Joh. Mich. Wurstel
1 — Gab. Wolterstang.
1 — Joh. Ad. Gebhard
1 — Joh. Ad. T. Mennesdörfer, Burgermeister
1 — Joh. G. Beils der ältere
1 — Sim. Beils der jüngere
1 — Erhard Winter
1 — Gottf. Zapf
1 — Gottf. Reissig
1 — G. Thom. Wild
1 — G. Heinr. Lederer
1 — C. G. Künlein
1 — Joh. Löhe
1 — Seelig Senior
1 Jungf. Barb. Brunnerin

                1 Exempl.

Exempl.
1 Herr Rath Ritter zu Burg-Farrenbach
1 Jungf. Ascher
1 — Anna Maria Gronla
1 — Charlotta Lindenau
1 — Henriette Drechsel
1 Herr Hirsch Berlin, Lehrer der französischen Sprache
1 — Joh. M. Hauck
1 — Joh. Jac. Holl
1 — Tob. Marzius
1 — Adam Keller
1 — Heinr. Meyer
1 — Ernst. Christ. Stockert
1 — Joh. G. Häberlein
1 — Floryn, Hausvogt zu Ober-Sontheim

## Ippesheim
1 Herr Schneider, Amtmann
1 — Schindler, Amtsactuarius

## In Nürnberg.
2 Herr Weber, Doctor
1 — Meyer, Professor
1 — C. F. Moser, Kupferstecher
1 — J. C. Steinmetz, Kaufmann
1 — S. E. v. Holzschuher, Stadt- und Almosen Pfleger
1 — J. G. Tucher von Simmelsdorf und Winterstein, Königl. Preußischer Kammerherr
1 Fräulein Mar. Hel. Welserin von Neuhoff

1 Exempl.

Exempl.
1 Herr Monath, Associe der Hohmännischen Land-
charten Officin
1 — Joh. Fr. Jul. Schneider, Klavier- und
Instrumentenmacher
1 — Cramer, Cand. Theol.
1 — Fritschel, Cand. Theol.
1 — Lechner, K. K. Notarius
1 — Kästner und Schnell, Kaufleute
2 — T. W. Merkel, Marktsadjunktus
1 — Kiefhaber, Substitut im Clara Amt
1 — Link, Pastor in der Vorstadt Wöhrd
1 — Joh N. C. Schubert, Scribent
1 — Drechsler, Pfarrer in Kraftshof
1 — Solger, Pfarrer zu Gründlach
1 — E. C. Bezzel, Pfarrer zu Poppenreuth
1 — Joh. Gab. Bezzel, Pfarrer zu Dürrmun-
genau
1 — C. F. Bauereis, Kaufmann
1 — Ruprecht
1 — G. W. Maier, des Nürnbergischen Mini-
steriums Vikar
15 — Lorenz
1 — Joh. Conr. Krauß, Kaufmann

## Uffenheim.

1 Herr Scherzer, Rector
1 — Jung, Cammerrath

# Verlagsbücher
### der Pech = und Schulzischen Buchhandlung in Nürnberg.

Frankens, Joh. Fr. Handbuch für die Gebetsübung und Hausandachten der Christen 1ter Theil 8. 1790. 20 kr. oder 5 Ggr.

Hat auch den besondern Titel:
— Morgen und Abendgebethe auf drey Wochen 8. 1790.
— Handbuch für die Gebetsübung und Hausandacht der Christen, 2ter Theil, 8. 1791. 20 kr. oder 5 Ggr.

Auch unter dem Titel:
— Andachten für Beichtende und Communikanten 8. 1791.
— Handbuch für die Gebetsübung und Hausandacht der Christen 3ter Theil 8. 1795. 20 kr. oder 5 Ggr.

Auch unter dem Titel:
— Andachten für allerley Personen und Zeitumstände, und in allerley geistlicher und leiblicher Wohlfahrt und Noth 8. 1795
— Handbuch für die Gebetsübung und Hausandachten 4ter Theil 8. 1795  20 kr oder 5 Ggr.

Auch unter dem Titel:
— Andachtsbuch für kranke und sterbende Christen 8. 1795.

Familienkalender des Durchlauchtigsten Erzhauses Pfalz Wittelsbach, für das doppelte Jubel und Schaltjahr 1792. worinnen an jedem Tag des ganzen Jahrs die Geburts = und Sterbeliste aller, von tausend Jahren her gelebten und noch lebenden Ahnen und Fortpflanzer dieses Durchlauchtigsten Erzhauses zu finden, verfaßt von B. J. Schleis von Löwenfeld gr. 4. 1792. 24 kr. oder 6 Ggr.

Obermayer's, Joh. Bapt. ausführlicher Unterricht in der Entbindungskunst, hauptsächlich zum Gebrauch für Wundärzte und Stadt= und Land= Hebammen gr. 8. 1791.  2 fl. 24 Kr. oder 1 Thlr. 8 Ggr.

Schmerler's, Joh. Ad. moralische Erzählungen und Schilderungen 1ter B. 8. 1793   1 fl. oder 16 Ggr.
Schad, G. F. L. von, Versuch einer brandenburgischen Pinakothek, oder Bildergallerie der beyden Königl. Preuss. Fürstenthümer in Franken: Anspach und Bayreuth, mit Kupf. gr. 8. 1792. 1 fl. 30 kr.
oder 1 Thlr.

## Neue Verlagsbücher

die zur Ostermesse 1795. theils neu gedruckt, theils neu aufgelegt und in unserm Verlag zu haben sind.

Litteratur des Frauenzimmers, oder Entwurf zu einer auserlesenen Frauenzimmerbibliothek 8. Druckpap.
18 kr. oder 4 Ggr.
Dasselbe auf Schreibpap.   24 kr. oder 6 Ggr.
Schmerler's, Joh. Ad. Vorlesungen über die bürgerliche Moral 1ter Theil 2te Auflage gr. 8. 1795
1 fl. 30 kr. oder 1 Thlr.
— Fortsetzung, oder 2ter Theil gr. 8. 1795. 1 fl. 30 kr.
oder 1 Thlr.
— Dessen Lebensbeschreibung herausgegeben von J. F. Schlez, nebst dem Bildnisse des Verstorbenen gr. 8. 1795   24 kr. oder 6 Ggr.
— dessen wohlgetroffenes Bildnis, auf Schweizer-Papier abgedruckt   12 kr. oder 3 Ggr.
Schmolckens, Beni. gottgeheiligte Morgen und Abendandachten, in gebundener und ungebundener Rede, neue Auflage mit K. 8. 1794. 18 kr. oder 5 Ggr.

## Kupferstiche.

Die Eroberung von Ocjakow, gestochen von Küfner in quer Fol. 2 fl. 15 kr. oder 1 Thlr. 12 Ggr.
Das Portrait des Polnischen Feldherrns Kosciusko, gestochen von Küfner in 8. roth abgedruckt 24 kr.
oder 6. Ggr,